Buchhandlung
Kieferstübchen

Julie Falatko ist eine amerikanische Kinderbuchautorin, die am liebsten über sprechende Tiere schreibt. Sie lebt mit ihrem Mann, ihren vier Kindern und zwei Hunden in Maine, wo sie vor ihrem Haus eine kleine kostenlose Bibliothek unterhält.

Gabriel Alborozo begann mit fünfzehn Jahren als Cartoonist für zahlreiche Magazine zu arbeiten. Seitdem ist er als freiberuflicher Cartoonist, Animator, Archäologe und Illustrator tätig. Er lebt in East Sussex, England.

Für Dave, meinen Kauz: Ich hoffe, dass ich immer das perfekte Buch für dich finde. – J.F.
Für das Team von Cameron Kids und all ihre wunderbaren Bücher. – G.A.

Titel der englischen Originalausgabe: »YOURS IN BOOKS«
Ins Deutsche übersetzt von Jennifer Gomber

Die Bastei Lübbe AG verfolgt eine nachhaltige Buchproduktion. Wir verwenden Papiere aus nachhaltiger Forstwirtschaft und verzichten darauf, Bücher einzeln in Folie zu verpacken. Wir stellen unsere Bücher in Deutschland und Europa (EU) her und arbeiten mit den Druckereien kontinuierlich an einer positiven Ökobilanz.

FSC www.fsc.org MIX Papier aus verantwortungsvollen Quellen FSC® C002795

Gesetzt aus der: Metafors und Zapf Chancery
Satz: Judith Knabe, Köln
Druck und Einband: Livonia Print, Riga
Printed in Latvia
ISBN 978-3-414-82648-0

5 4 3 2 1

Sie finden uns im Internet unter luebbe.de
Besuchen Sie auch die bunte Welt der BuchstabenBande: buchstabenbande.com

Julie Falatko & Gabriel Alborozo

EIN BUCH FÜR DICH

Boje

Buchhandlung Kieferstübchen
An der Knorrigen Kiefer 1
Groß-Tannenbaum

Sehr geehrte Damen und Herren,

vielen Dank für Ihren wunderbaren Katalog, der in meiner Post lag. Ich habe stundenlang in den Beschreibungen aller Bücher gestöbert. Beiliegend finden Sie meine Bestellung für *Wie man eine Waldbehausung schalldicht isoliert.* So werde ich hoffentlich bald in Frieden lesen können. Und zwar allein.

Mit freundlichen Grüßen

Kauz T. Zaunpfahl

Eichenwipfel 9
Lichtungsmitte
In der Nähe der Lauten Kleintiere

Dear Gus
POST

Lieber Kauz I. Zaunpfahl,

es tut mir wirklich sehr leid, aber das Buch,
das Sie bestellen möchten, ist momentan nicht lieferbar.
Lassen Sie mich wissen, falls Sie gerne ein anderes Buch hätten.
Dann schicke ich es Ihnen gleich zu.

Buchige Grüße

B. Eichhörnchen

Buchhandlung Kieferstübchen

Sehr geehrter Herr,

ich möchte gerne eine Bestellung für dieses vielversprechende Buch aufgeben:
Praktisches Handbuch für die Auswanderung auf weit entfernte,
tropische Inseln.

Grüße,

Kauz T. Zaunpfahl

Eichenwipfel 9
In der Nähe des Krachs

Lieber Kauz Zaunpfahl,

leider habe ich das gewünschte Buch nicht mehr auf Lager.
Ich verkaufe nämlich vor allem Bücher an Touristen, die gerne aus der Stadt hierherziehen möchten. Vielleicht gefällt Ihnen ja dieser Titel hier:
Das schöne Leben im Wald: Vom frohen Thronen in grünen Baumkronen.

Buchige Grüße

B. Eichhörnchen

Buchhandlung Kieferstübchen

Leise
sein für
Anfänger

Lieber B. Eichhörnchen,

mir ist bewusst, dass immer mehr Familien
in den Wald ziehen. Als ich heute früh laut vor mich
hin gelesen habe, klopften plötzlich die lärmenden neuen
Nachbarskinder an meine Tür und wollten,
dass ich ihnen vorlese. Was ich dann auch getan habe.
Aber nie wieder tun werde. (Obwohl ich eine wirklich
reizende Vorlesestimme habe.)

Ich habe das Geld für ein weiteres Buch beigelegt:
Wie man einen sehr hohen Zaun baut.
Bitte senden Sie es schnell.

Mit freundlichen Grüßen,

Kauz T. Zaunpfahl

Oben auf der majestätischen Eiche
Ganz weit über dem Geschnatter

Lieber Kauz T.,

das Zaun-Buch ist nur als Sonderbestellung erhältlich, die ich aber sehr gerne für Sie aufgebe. Währenddessen sagt mir mein Gefühl, dass Ihnen der beigelegte Band, Das große Buch der Waldküche, gefallen wird. Die „Armen Ritter" (Rezept, S. 15) mache ich mir fast jeden Morgen zum Frühstück.

Buchige Grüße

B. Eichhörnchen

POST

Hallo B. Eichhörnchen,

vielen Dank für das Kochbuch. Ich muss gestehen, dass ich meistens nur eine trockene Scheibe Brot esse.
Das „Arme Ritter“-Rezept habe ich ausprobiert, und es war ziemlich schmackhaft. Allerdings hat der herrliche Duft die lauten Nachbarskinder an meine Tür gelockt.
Bitte senden Sie Tipps und Tricks für geschäftige Eulen: So werden Sie aufdringliche Nachbarskinder im Nu los.

Mit besten Grüßen,

Kauz

Lieber Kauz,

das Buch, das du suchst, scheint es nicht zu geben.
War das vielleicht ein Scherz? Falls ja, bin ich entzückt.
Es klingt so, als könnte dir und den Kindern vielleicht
50 fantasievolle Kekse und Kuchen gefallen, das ich –
selbstverständlich – beigelegt habe.

Liebe Grüße,

Bessie

P.S.: Du solltest mal im Laden vorbeikommen.
Es gibt hier so viele Bücher zu entdecken!

ZUCKER

Hallo Bessie,

gestern Nachmittag klopften einige Jungspunde an meine Tür und wollten „mit mir abhängen“, wie sie sagten. Sie brachten sogar ein Buch mit, das ich ihnen vorlesen sollte, und wir haben Kekse aus dem Buch gebacken, das du mir geschickt hattest. Wusstest du, dass es darin auch ein Rezept für einen Kuchen gibt, der wie eine Eichel aussieht? Wir haben es ausprobiert, aber es war sehr kompliziert, und scheinbar kommen die Kinder heute wieder, um den Kuchen fertig zu machen. Wie soll ein Kauz meines Kalibers jemals ein wenig Ruhe und Frieden finden? Du verstehst, warum ich mein Haus nicht verlassen kann, um den Buchladen zu besuchen? Die Kinder würden mir auf Schritt und Tritt folgen!

Bitte sende mir Die besten Verkleidungen für Eulen: Unsichtbar, unheimlich, unglaublich langweilig.

Liebe Grüße,

Kauz

P.S.: Okay, ja. Ich mache Witze. Schick mir einfach das nächste Buch, das ich deiner Meinung nach lesen sollte.

BUCHHANDLUNG KIEFERSTÜ

Lieber Kauz,

du steckst wirklich voller Überraschungen, mein Guter. Zwei Witze!
Ich schicke dir ein neues Buch, das dir vielleicht gerade recht kommt:
Bastelideen für Kinder, während man ein Nickerchen auf dem Sofa hält.
Und ich hoffe sehr, dass du irgendwann mal vorbeischaust.

Liebe Grüße,

Bessie

Hallo Bessie,

die Eichhörnchen-Kinder streiten mit den Siebenschläfern darüber, ob sie lieber selbstgenähte Topflappen oder schicke Stiftebecher basteln sollen.
Es war schon vorher laut, aber das hier ist zu viel. Oh Himmel, jetzt tanzen sie und wollen, dass ich mitmache. Ich bin kein Tänzer! Am liebsten würde ich aus dem Haus flüchten, aber dann würden sie bestimmt ein heilloses Chaos anrichten.
Ich wünsche mir doch nur Zeit für ein entspanntes Tässchen Tee.

Kauz

Hi Kauz,

schlag ihnen vor, Bommeln zu basteln. Die Bommeln können sie dann zu Girlanden auffädeln. Als ich noch ein kleines Eichhörnchen war, hat mir das immer viel Spaß gemacht!
Hier kommt ein weiteres Buch: Teezeit ist Entspannungszeit.
Viel Glück.

Bessie

Hallo Bessie,

du hattest recht. Die Bommeln waren der Hit. Die Kinder lieben das Teezeit-Buch, schreiben eifrig Listen und falten Servietten. Von meinem Posten auf dem Sofa aus habe ich den Eindruck, dass sie irgendetwas aushecken. Ich verstehe Kinder nicht.

Kauz

Liebster Kauz,

ein Vögelchen hat mir gezwitschert, dass ich dir Kleber, Sticker, Glitzer und Papier schicken soll. Also habe ich alles wie bestellt beigelegt. Was planst du?

Bessie

Liebe Bessie,

ich plane überhaupt nichts, außer dem entspannten Tässchen Tee, das ich immer noch nicht hatte.

Dein Kauz

Du bist eingeladen!
Nachmittagstee im Park
Wann: Morgen um 15 Uhr
Wo: Die Lichtung zwischen der großen Eiche und der knorrigen Kiefer
Für Erfrischungen wird gesorgt
Bitte sag ja!

Danke für die Einladung, ich freue mich auf unser Treffen! Bis morgen!

Bessie

Hallo, ja, ich komme. Auch wenn ich nicht weiß, wer dahintersteckt.

Kauz

Liebster Kauz,

vielen lieben Dank für die unglaublich tolle Feier. Wusstest du wirklich von nichts? Diese Kinder sind ganz schön raffiniert. Ich kann verstehen, warum du so begeistert von ihnen bist. Sie wissen wirklich, wie man ein hübsches Fest vorbereitet.
Und du hast gesagt, du wärest kein Tänzer!
Ich habe lange überlegt, kann mich aber nicht entscheiden, welches Buch ich dir als Nächstes schicken soll. Was möchtest du gerne lesen?

Bessie

Liebste Bessie,

bitte schick mir nichts.
Ich bin auf dem Weg zu dir.

Dein Kauz

WIE MAN
EIN GUTER
WALDFREUND
WIRD

Stadt
und
Buchhandlung